詩集

ビートルズの向こうに

汐海治美

Shiokai Harumi

風詠社

詩集　ビートルズの向こうに＊目次

◇

ビートルズの向こうに

ビートルズに出会ったのは、大学に入り恋をした相手が熱狂的なビートルズファンだったからだ。もちろんテレビから流れるヒット曲ぐらいは知っていた。だが、田舎の文学少女でジャズ好きの思わせぶりな少女だった私は、ビートルズの歌詞にはなじまなかった。私にとって音楽とは言葉ではなかったから。だから、ビートルズからは美しいメロディとタイトルだけを受け取った。メロディとタイトルは私に勝手な世界を連想させた。なにしろ、一九六三年発売の「プリーズ・プリーズ・ミー」から、「アビー・ロード」「レット・イット・ビー」まで伝説の「ホワイト・アルバム」も含めて短期間にみな一気に聞いたのだ。歌詞カードに関係なく、題名・アルバム名と音だけの世界にひたっていた。ビートルズは、私に洪水のように押し寄せた音楽だった。そして後に歌の本当の意味を知って驚いた。全く想像していた世界とは違っていたのだ。その最も違っていた一番の曲が「ノルウェーの森」で二番目が「When I'm sixty-four」

である。ビートルズのあの簡単な詩をこれほど無視し、理解しなかった私は馬鹿である。「ノルウェーの森」は、既に有名な話なので省略するが、「When I'm sixty-four」を、私はどう理解していたか。

…六四歳は奇跡の年齢だ。多分。その奇跡の年齢になったら、それこそ、このつらい「今」を何年も何年も生き延びて、六四歳になったら、みんなでお祝いしようではないか。ワインを飲んで、騒ごうではないか。…

これが私のこの歌の理解だった。そして、本当の意味を知ってびっくりした。いかにもポールらしい単純な恋の歌だった。「六四歳になったら」ではなく、「六四歳になっても」だ。

だが、あまりにも長い間、私はこの歌を自分勝手に理解してきたので、もう元の意味に戻すことはできない。美しいメロディラインは、私に「辛い時代を生き延びたすべての人々へのお祝いの歌」としてこびりついてしまった。きっとポールは許してくれないだろう。いや、七〇歳を過ぎた今のポールなら許してくれるだろう。許して欲しい。

私たちが六四歳になるなんて
考えもしなかった四十年前
のんきにビートルズを歌っていたころ
Many years from now（ずっと先の話だけどさ）だってさ

「When I'm sixty-four」
鮮やかな緑の橋を渡りながら
緑の鮮やかさをいつまでも覚えておこうと
立ち止まったのはもう四十年以上も前のこと
何者でもないことに胸を衝かれて
何者にもなれないだろう未来を苦しく思った
緑匂う橋は私を突きはなす時の壁のようだった

今六四歳を越え
皆等しく老いて

かつて持っていた真っ暗闇の「今」を失う代わりに
いくつもの大事な人の屍の向こうに
確実な死までの未来が見えている

地球上には
限りない数の人の死があって
だけど
本当に「死ぬのはいつも他人ばかり」
だから
せめて私はうたう
生き延びておめでとう
と

1

When I'm sixty-four　Many years from now（ずっと先の話だけどさ）

今あなたは愛する奥さんの目の前でそばを打っている
誕生日でもないのにワインを飲みながら
打ったそばを食べると
自然に　Birthday greeting, bottle of wine　なんてフレーズが
口から飛び出して
ほんの少し　幸せを
噛みしめるのだ

決して
Many years from now　ではなかった
手を伸ばせば　奥さんのいなかった　小学校時代

のほうが
奥さんと暮らした四十年より近しいことを
ほんの少し　後ろめたく思いながら
少年に帰る
暑く長かった夏休みを
思い出し
虫取りをした友人たちとワインを飲む

今
Many years from now（ずっと先の話だけどさ）
時は過ぎても
決してあの頃に戻ることはなく
二人は等しく老いた
二人の人生に少しの不満もないのだが
その時の流れを

ほんの少し
寂しく感じるのは
なぜだろうか

2

When I'm sixty-four　Many years from now（ずっと先の話だけどさ）
私たちが六四歳になるなんて考えもしなかった四十年前
　Many years from now（ずっと先の話だけどさ）

あなたは輝いて
お嫁に行った
誰からもお似合いと祝福され
ポールも
祝福していた
きっと
ワイト島に二人で行っただろう

忙しい夫の代わりに
ヒューズを取り換え
子供を育て
老親を介護した
そして今
夫をみとり
巣は空になった
なんとみごとな一人ぼっち
幾度も一人になりたいと願った結果
鳥ならよかったのに
颯爽と巣を飛び立って
次の人生に向かっていく鳥なら
きっと
ポールも祝福してくれただろう

鳥ではない人は
老いた今
地を一人で這って生きる
歩けなくなっても
雑巾を持ってそこらじゅう拭いている
そんなあなたが
私は結構好きだけどね
ポールは
どう思うかな

3

When I'm sixty-four　Many years from now（ずっと先の話だけどさ）

ポールも六四歳になるなんて考えもしなかった四十年前
Many years from now（ずっと先の話だけどさ）

ポールは
きっと
愛は永遠だと思いたかったのさ
何度結婚しても
愛は永遠と歌っていいよ
ポールは
きっと
裏切られることはなかったろうから

でも
あの時あなたは
「いたい、いたい」と叫んでいた
四十年たって
今日ラヂオの歌手が叫んでいる
「いたい、いたい、いたい」
四十年前のあなたは
確かに心が痛んだのだけど
今は体が痛い
体が痛いほうが
痛みは確かだが
心の痛みは生きていくことがつらかった
今は生きていることが心地よさそうだ
たとえ痛くても

ポールは
どうだろうか
体は痛くないのかい
と聞いてみたい

4

When I'm sixty-four　Many years from now（ずっと先の話だけどさ）
私たちが六四歳なるなんて考えもしなかった四十年前
のんきにビートルズを歌っていたころ
　Many years from now（ずっと先の話だけどさ）だってさ

六四歳は
輝いていた
だってビートルズが
特別の年齢だと
歌っていたじゃないか
今がどんなにつらくても
四十年後の自分を想像して

二十歳の今を振り返ってごらん
今の問題なんかすべて解決してるよ
ワインを飲んで
好きな歌を歌っているよって

早く年をとりたかった
すぐに六四歳になりたかった
Many years from now（ずっと先の話だけどさ）だってさ
じゃあ
六四歳までどうすればいいの
今の「痛み」は
決してなくなったりしないのにと
泣いていた

四十年たって気が付いた

ワインなんて好きじゃないって
六四歳は
特別な年齢じゃないって
想像力は
けっして未来には向かわず
今だけを生きるって
四十年前には未来があったが
今は今しかない
潔く認めよう
輝かしい時は
「今」の中にしかないって

5

When I'm sixty-four　Many years from now（ずっと先の話だけどさ）
私たちが六四歳になるなんて考えもしなかった四十年前
　Many years from now（ずっと先の話だけどさ）

あなたは今の自分目指して
「大変ゆっくり」「少しずつ」
歩んできた
その先のライフワーク
私はあなたから
ライフワークとはなにか学んだ
確かに

Will you still need me（ずっと俺を必要としてくれるかい?）
という声には答えられなかったけれど
自分の声には
答えてきた
その先のライフワーク「放射線」「フクシマ」
何という偶然
自分の仕事はいつのまにか
人類の仕事になり
点から身を守る仕事は
面の中に身を投じる仕事へと
変わった
その時あなたは泣いただろう
銀河も
地球の代わりに泣いている

今
Many years from now（ずっと先の話だけどさ）
帰るべき世界を失うなんて
考えもしなかった四十年前
自分のなすべき仕事を
身震いを持って
知る

6

When I'm sixty-four　Many years from now（ずっと先の話だけどさ）
私たちが六四歳になるなんて考えもしなかった四十年前
　Many years from now（ずっと先の話だけどさ）

四十年たった今
インターネット上には
日本が五十年後に消滅するというニュースの隣に
腹のへこんだ哀れな白熊の写真が載っていた
日本が消滅する前に
白熊が地球上からいなくなっているだろう
ねえ
あなたたちが六四歳になる頃を

想像できる?
白熊のいない世界
白熊が腹を空かせて
死んでいった後の世界
ポールは既に亡く
「ワイト島」は
太平洋の島々のように
浸水しているかもしれない

時間はだれにも等しく
与えられ
人は
地球を愛しているのに
いつも問題を先延ばしして
生きていく

人間て案外愚かなんだって
今頃気が付いて
でも
長い歴史の中で
きっとやり直して生きていくことを
信じているよ

7

When I'm sixty-four　Many years from now（ずっと先の話だけどさ）

私たちが六四歳になるなんて考えもしなかった四十年前
Many years from now（ずっと先の話だけどさ）

誰もそんなに早く死ぬなんて思っていなかった

その間大切な人の死を何人経験しただろう
最も早く死んだのは
やっぱり伝説のギャンブラー
次に漱石が血を吐くように学者が死んだ
それから
少しずつ

少しずつ
いなくなって
風が吹いている

今度はきっと
私の番だ
だから
こんな詩を五つ書いて
詩集を作った
聞いてくれる
題名は「病気になると」

病気になるとⅠ

病気になって
いっぱいいっぱい泣いた
泣いて恥ずかしくなった
黙って聞いてくれるのは
酔っぱらいの夫
「酔っぱらい」って素晴らしい
次の日全部忘れてる

病気になると
他に何にも関心がなくなる
自分の体のことにしかね

賢治の妹は
「うまれでくるたて
こんどはこたにわりゃのごとばかりで
くるしまなあよにうまれてくる」と
あんなにもけなげな言葉を残したのに
おばあさんは
自分のことばかり

病気になって
はじめて気が付くことがある
自分がどんなに
自分を縛っていたかということに
もっと自分を解き放ってください
と医者が言うので
仕事を忘れ

妻を忘れ
子供になる
いや
靴下もはけず
立ち上がることもできなくなると
子供になるしかないのであった

病気になるとⅡ

仕事をやめたら
あれをして
これをして
いつも未来に生きていた

病気になってはじめて
残された日々の
短さを知った
今を生きるしかないことの
切実さ
まっしろの今を
生きることの
切なさ

期日まで
生きていることが
当たり前の世界で
人はいつも
宿題を片づけ

歯医者の予約をしている
私がいなくなると
私の宿題は
置き去りにされ
歯医者の台座には
きっと誰か別の人が
座っているのだろう

でも
私はまだ生きていて
死ぬまで
歯医者を予約し
宿題を
こなし続けるだろう
明日死ぬことがうっすらと

わかっても
宿題をし
歯医者の予約を
する
生きるって
そんな
当たり前のことの
繰り返しだから

病気になるとⅢ

病気になってはじめて
自分が人の重荷になることを

知った
助けられることの
切なさ
みんな助けられて
泣いていたのだ
重荷として生きることは
なんと
苦しいことか
平然と
施されることは
なんと痛いことか
「死んだほうがまし」とは
心の痛みに耐えかねた
言葉だった

人が死んでいくのは
本当に一大仕事
みんな一大仕事に向かっている
できれば
一人でやり遂げたいと
思っている
昔縁側で
おばあちゃんが
ひっそりと生きていたように

それでも
病気が少しでも癒えると
子供のように
すべて忘れて
また同じ

平穏な暮らしに戻る

病気になるとⅣ

老いて病気になると
一歩一歩死に近づく
少し良くなっても
すぐまたどこかが悪くなる

体中に穴があけられ
何の穴か知らず
ふるさとの雪山に眠る
知らない動物の穴へと

繋がっていればいいなあと
ベッドの上で思う
彼らの肉球に触りながら
猟銃の音を遠くに聞いていたりして

気が付くと少し元気になって
穴はふさがっている
雪山の動物はどうしたろう
共に眠った老人を失って
哀しんでくれているだろうか
外はまだ雪景色なのにと

病室の外の木々は
毛細血管のまま春を待っている

病気になるとV

あなたは
この人に捨てられて当然
と思えるほどの介護を
受けたことがありますか

介護されて
わがまま言って
首を絞められるほどの
立場になったことがありますか
絞めたくなったことは
あるでしょ

介護されることは
空しい
優しくあなたを
撫でてあげたい
撫でられたいのではない
撫でてあげたいのだ
病気になると
それもできない

こんなに痛くて
不快でどうしてみんな生きていられるのだろう
毎日なにが楽しみで
生きていられるのだろう
そう思って

闘病記を読む
そして答えを見つける
生きることは自分のためではないということ
自分のためではないことを
やりきることが
生きることだ
と
みんな何ものかのために耐えて
生き切って
死んでいく
と
書いてある

8

When I'm sixty-four　Many years from now（ずっと先の話だけどさ）

今少女は
六四歳になっても
愛してくれるだろう人を
見つけた

相手はおかあさんに
さよならを言ったばかりの
少年だ
あのポールと同じ
さよなら
そしてこんにちは

空の青さを共に感じ
迷子になっても
一緒に楽しめる
「ワイト島」の住人だ
だから少女は
一つだけ書いた詩を
見せてあげた

祈り

いつも
夕焼けに祈る

何を？

どうしたら
人の哀しみを
減らせるか
を

いつも
夕焼けに祈る
何を？

人の悲しみの
向こうに
何か暖かいものが
あることを

いつも
夕焼けに祈る
何を？

人の力を越えた
何かが
哀しみを
癒してくれることを

ずっと先の話を二人でする
白熊が絶滅するかもしれない話
二人で涙ぐんで
そして祈る

空腹の白熊に
自分の体を差し出したくても
できないことを哀しんで

それから
二人で
ゆっくり
向き合う

私の祈りが届いた日
ビートルズ六四歳の姿が
ほんとうに実現する
単純な恋の日々だけどね
ポールやったね

『ビートルズの向こうに』までのことと、『ビートルズの向こうに』からのこと

この文章を書くことになって、何から書こうか考えましたが、まずは、ぼくと汐海先生の出会いから書かせてもらおうと思います。汐海先生との出会いは18年前になり、それは汐海先生が勤めていた高校の国語の授業になります。その授業で、ぼくは生徒たちに詩を書くこと、詩を朗読することを教えました。そこからはその高校の文芸同好会（顧問は汐海先生）に度々行っては詩を教えたり、文化祭で朗読の発表をしたりしてきました。そのように何年もの間、生徒を通して「詩となにか」「詩を書くこととはなにか」と問い続けてきたのが、ぼくと汐海先生との関係になります。なので、ここでも、この本の作者を汐海先生と呼ぶことをお許しください。

その18年の間、いつも詩のことを考え、話してきたわけですが、ぼくと汐海先生は必ずしも同じ考えというわけではなく、生徒にどう伝えるかを考えた時、悩んだり立ち止まったりすることが多々ありました。というのも、自分の言葉を見つけ、作品にしていくことは当たり前に難しく、さらにぼくは、作品と作者（この場合は同好会の生徒）の距離というか、作者から離れて、作品を論じることの必要性があるのかない

のか、切り離して作品だけを評価することは可能なのか、ということで悩んできました。普段の自分もいろいろな表現にふれる時、このことをとても考えています。そして、そうした時は作品「だけ」を読む、見る、聞くことを大切にしてきました。ですが、高校生の作品を作品「だけ」で読むのは、やはり難しいのです。目の前にいる作者（生徒）を見ないで、作品を読むことはできないのではないか、と。ただ、汐海先生が生徒に指導する時は、どこか生徒から離れて、作品に向き合うように感じられることがありました。もちろん、常に学校にいる立場の先生とたまに来るぼくのような立場では、生徒との関係性は違いますし、信頼関係という意味でも、アドバイスをした際の響き方が違うと思いました。ぼくたちは生徒の作品とどう向き合うか、そのことで改めて「詩とはなにか」と考えてきたのです。

そんな風に汐海先生との時間も過ぎてきたある日、汐海先生はご自身の病気に向き合い、詩集『宙ぶらりんの月』を編みます。この詩集を読んだ時、ぼくはとても衝撃を受けました。作品としても読み応えがあり、表現の至るところにハッとさせられるものがあるのですが、なにより心に響いたのは作品の中から汐海先生が見えてくることです。この詩集を届けてくれた時、汐海先生が「これを詩と言っていいのか悩んだけど」と言っていたのを覚えています。書いた本人さえ、詩なのかわからなくなる、そんな作品だったのでしょう。ぼくは今までの生徒たちとのやりとりを思い返しながら、なにが汐海先生に詩を書かせたのか、そして作品から作者自身が伝わってくることに心が動かされてしまう自分はなんなのか、考えました。その問いに答えは見つけられないのですが、詩にはどうしても書いてしまう詩、書かされてしまう詩というのがあると思いました。

そこからも時間を重ねてきて、同好会の生徒たちともいろいろな出会いがありました。その度に、汐海先生とは詩について、話をしてきました。そして、いつしか自分たちの人生についても話をするようになりました。そうなってくると、どこまでが詩の話なのか、人生の話なのか、わからなくなってきます。たしかに、作品と作者は切り離して考えるべき、というのもあると思いますが、詩を読む、詩の話をするということは、やはり、その人にふれることになるのではないかと、思うことが増えました。

そして、この『ビートルズの向こうに』です。今作は、詩人汐海治美とぼくの知っている汐海先生が重なって、ものすごい力で作品を紡いできます。ぼくはビートルズのエピソードから始まり、「病気になると」につながっていく流れがとても好きで、この流れだからこそ、伝わってくるものがあると考えました。年齢を重ねること、病に向き合うこと、詩人が自分の時間を見つけて言葉に向き合うことは、〈なぜ書くのか〉と〈なぜ生きるのか〉の問いがイコールであることの証明のように響きます。体の痛みが心にふれていく様子がひとつひとつの詩から伝わってきて、やがて、それがあなたという他者へやさしさとして向かっていく、そのことにどうしても心が震えてしまうのです。

また、そのやさしさは、自分に向き合った時にどうしてもわかってしまった自分の弱さにもふれているように思われます。そして、そのことが、この作品たちに不思議なリズムを与え、読む側が立ち止まることのできる余白をつくっています。ひとつひとつの詩が詩集になる時、〈なぜ書くのか〉と〈なぜ生きるのか〉という問いかけが、答えのないことを教えてくれます。しかも、その答えがないことを考えることがやさしさなのだと教えてくれます。

この詩集には表現することをとことん追求していくうちに、自分に正直になっていき、見えていることと見えていないことを書いてしまった一人の女性と詩人の姿があります。この詩集がいろいろの方に読まれることを願うと同時に、かつて同好会に在籍していた生徒たちの、今の心でふれてみてほしいと思いました。

武田こうじ

武田こうじ（詩人）
詩集の刊行、ポエトリー・リーディング・ライブをさまざまな場所で開催。また、病院や学校で詩のワークショップや読みきかせをしている。仙台市立富沢小学校校歌作詞、丸森町立丸森中学校校歌作詞、仙台市立錦ケ丘小学校校歌作詞。震災後は仙台市のフリーペーパー『RE:プロジェクト通信』で被害の大きかった沿岸部を取材しながら、詩の連載をしてきた。

汐海 治美（しおかい はるみ） 1951年～

2009年「詩集　宙ぶらりんの月」（風詠社）
2011年「震災詩集　ありがとうじゃ足りなくて」編著（ユーメディア）
2012年「震災詩文集　言葉にできない思い」編著（ユーメディア）
2014年「生徒が詩人になるとき」（EKPブックレット）
2017年「詩集　学校という場所で」（風詠社）
2019年「詩集　犬について私が語れること　十の断片」（風詠社）

桃山学院教育大学客員教授
日本現代詩人会会員　宮城県詩人会会員

詩集　ビートルズの向こうに

2019年11月22日　第1刷発行

著　者　汐海治美
発行人　大杉　剛
発行所　株式会社 風詠社
〒553-0001　大阪市福島区海老江5-2-2
大拓ビル5-7階
TEL 06（6136）8657　http://fueisha.com/
発売元　株式会社 星雲社
〒112-0005　東京都文京区水道1-3-30
TEL 03（3868）3275
装幀　2DAY
印刷・製本　シナノ印刷株式会社

ISBN978-4-434-26851-9 C0092
